Forbi

Livet – en passage

Forbi

Livet – en passage

Af L. de Pocket

2018 © L. de Pocket
Forlag: BoD – Books on Demand, København, Danmark
Tryk: BoD – Books on Demand, Norderstedt, Tyskland
ISBN: 978-87-4300-287-1

Mens jeg forandrede mig
blev verden en anden

Skær

Nu

Et uendeligt nu
Alle tings nærvær
Refleksionens fravær

Ånder I

Bad Fadervor
med mor
på knæ
ved sengekanten
Underlig tankevold
Føltes barligt forkert
Fælles ambivalens
Skræmmende
Lærte at tænke om noget
der ikke er
Dér skabtes han
uden ansigt
under min seng
Kendte kun sandhed
Tjekkede hver aften
Han var der ikke
Derfor var han virkelig
Rørte bestemt mine tæer

Tro på noget
der ikke er
Så lever det
Ånder

Høj Feber

Toogfyrrekommanoget
Gammel nok til at erkende
drømte jeg en rød tråd, der dansede resonans
Ikke på tværs. På langs. Væk fra mig
Kunne se den røde prik. Enden af tråden, når den var
rolig
Komme truende nærmere, blive større for til sidst i en
eksplosion igen folde sig ud som tråd og danse sin
resonansdans
Vise sig for mig op og ned i hele sin røde længde, som
en sinuskurve med stadig varierende amplitude og
bølgelængde
Som et hampereb, der ruskes
så bølgerne løber
Kunne mærke trådens skærende kimen
trænge gennem mine ører og gjalde i min hjerne
Kunne se lyden
som hår på trådens store bølger
Mistede min forstand og fandt kun en erstatning
Så den
foran en tæt tåge af hjernemasse
Tråden stod lysende skarp og klar i sit eget billede
Lyd og billede var ét
I mors seng
frygtede i sekunders åbne øjne at se tråden
i det store spejl
Mor forstod mig ikke
selvom det var klart og virkeligt
så forstod hun ikke min tråd
min tone
Rædslen forsvandt

Smerten så jeg udefra
Stigende fascination
Sekunder, minutter og timer sneg sig dødstille
forbi
Faster holdt hånd og bad en bøn, tror jeg
Kom mig aldrig helt, tror jeg
Tror jeg. Som et håb om en forklaring
Ved det ikke. Men blev så den

Kan stadig fascineres til det yderste af det yderste
i en eksponentiel afvikling
livet igennem
Usundt at bevæge sig for længe på kanten
En tilgang til livet

Vil aldrig gense min tråd. Ved det
Kun mindet hæger jeg om

Splitsekund

Far død
Mor i dobbelt sorg
Har ikke råderum
til mig
Ser hendes kval
Lille mor, lille mor

Et splitsekund
En evighed

Aldrig mere

Bagefter

Far ville sige farvel
hensynsfuldt uden at sige farvel
Stod blot der
ved hans seng
Talte om ligegyldige ting, mens han så på mig
mere intenst
syntes jeg
bagefter
Vidste det ikke
før bagefter
Således fik kun han sagt farvel
hvilket jeg så gjorde
bagefter

Vor afsked blev alligevel meningsfuld og smuk
bagefter
forstod hans kærlighed
Det er fint
nu
Kunne have været utryg ved at sige farvel
Kommer så let til at sige noget,
man kan tillægge alle betydninger og fortryde
Det kunne være blevet akavet at skulle leve med
bagefter

Lever nu
han kerede sig

En underlig fisk

Huset brændte omkring mig
og jeg vidste
rejsen skulle være mit hjem
Her lever jeg
skaber min verden
tænker glæde og problemer
tankeløs er jeg død
Kan vælge mellem død og problemer
Vil leve trygt
i min utryghed
glæden er smukkest udefra
uden pynt
Forstår min natur

Fanden i vold

Derude
hvor intetheden finder sin grænse
I dæmonernes land
troldenes rige
Hvor døden kan røres
Hvor smagen af frygt er massiv
Dér
hvor kun sølvtråden
elasticiterer mig retur
..... måske

Vil
en anden virkelighed
uden bund
Provokeres til undren og rædsel
Tættest på at vide

Suget svælger
i adrenalin

Frygtelig fri

En ækvatorial gesims
360 grader smal
Tåspidserne ud over kanten
med ryggen til
Fortabt
Bukker jeg mig skubber røven mig ud i intetheden
Vender jeg mig, gør maven
Trækker jeg vejret for dybt forskubbes tyngdepunktet
faretruende

Endelig er jeg dér, jeg ville

Hjælp!
Ingen derude
til at høre mig

En venlig sjæl sender mig en tanke
indefra

Hvorfor gik du derud?

Fri for alt i verden
For alt i verden fri
for andre
pligter og bundethed
at ville ikke skulle

Fandt du det, du søgte?

Angsten koger i nakkekødet

Forbandet for bundet til intetheden
For pligtig til ikke at forpligte mig
Svæver
uden grund
alene

Anti alt

(Anti-et)

Anti
alt, der ikke er mig
kommer fra mig
mener som jeg
Voldtægt
på min frihed
Ingen skal
jeg vil

min ret til afstand fra
selvbestaltede autoriteter
gøre nar, trodse
provokere
udfordre kulturelle normer
Fryd og uvidenhed

Tænker - vælger- agerer
Ultimativ frihed
Står over alle love
Underkaster mig ingen
Ingen straf - kun konsekvens

Mine regler for mig!

Egetræet knækker i stormen
hellere, end bøje
Min ukrænkelige autonomi styrer alene
– helt alene

Identitetsintegration

Opmærksom
Ved nu, jeg ved
På vej og forstå
Håber at blive
I lykken at være

Keramik

Alene med mig selv
Hygger mig
Skaber mig
I ler
Vokser seriøst
gør mig til
med glasur
Brænder mig igennem
Blandt andre blandt andet
Og i det indre undrer
hvad jeg fik
En næsten ny
økologisk nedbrydelig
Fragil Identitets-Keramik

Forår

Og nu er foråret kommet
Sneen lå tykt i går
Og solen varmer min kind

Og lyset er anderledes
Lyst
Og lysner mit sind

Og fuglenes sang
Solsortens symfoni
Og musvittens klokke
Hvor er du min smukke?

Og græsset kæmper sig op
blandt mos og bellis
Og jeg er hér

Ser mine kære
Livet er nu

let at bære

Medium

Smal Menu

(Ånder II)

Forretter
ritualer
Regelbunden stil og show-Off
Bryllup, dåb, begravelse, jul
Usikker af nød og behov
Religiøs på trods
Hvad ellers?
Ser kun dén menu
Selvsikker på min tvivl

Linkeløse tanker

Der spildes timer, dage, uger og år
når unge læser og derefter når
til det ultimative chok
at det ikke er nok
til at virke i en virkelig virkelighed
men blot en indgangsbillet, i al sin enkelthed
Hvad andre mente, tænkte og skrev
tykke bøger intet væsentligt blev
At gøre en forskel i verden, andet end ingenting
måske det nærmeste du kommer
et kvantespring

Karma

På må og få
gennem tankers labyrinter
Tilfældige guldkorn samles til huse
Endegyldig
ubestridelig
helt unik
måske-viden
Og nu –
fanget...
Alt nyt filtreres
gennem dit selvskabte fængsels
erfaringstremmer

Kær

Ung idealisme
Guddommelig kærlighed
For tænkt fortænkt
Kunne ikke lyve et
"Jeg elsker dig"

Tiden
krummer idealet

Plads hos hinanden
Håndtérbar kærlighed
i stadig vækst
leve den
være den
i sandhed

"Jeg elsker dig"

Kærlighed

Savner hende
En særegen frydefuld smerte
Hun ved det ikke – Surt!
Som at klemme bumser
uden et spejl, de kan sætte sig på

Fælleseje

Hvad er sagt, kan ikke blive uventet
Hvad er fortiet, kan ikke blive løgn

Svigt ejes alene af den svegne
Konsekvenserne fælleseje

Sammenhængskraft

Politik er udenfor
At se med det tredje øje
Retouchere
Gøre ufri til at være bedst
Ligne i virkeligheden
Ingen
Anderledes er dét, der samler et folk
Et ydersidepres
der holder bylden gylden
Ikke det, som er, eller turde være

Skue verden i tredje led
Langt fra en væren i det vilde
Eller ville en væren nær
Er ikke blot, desværre

Sænker "Jeg-Patten"
forskrækkes
I første led
Hvor tæt verden dog er ved
En evig kamp at elske
det, der er
Med mod at føle
at vi for fanden – eller anden –
er fri
og hvis vi absolut vil
for hinanden

Utopien blomstrer

TERROR
Et æstetisk gys
De blinde skrifter
De døde ruller
De dulgte digter
Frit går vi hinanden i møde
Tænker stændigt selv
Fortolker for tiden
TERROR
Værdiløs for verden
TERROR
Mon ikke du ganske stille,
får noget andet
end, du egentlig ville?

Ekspansion

Rastløs igen
Min fjende
min ven
Driver mig
Er det mon den
der forløser mit sind
eller gør mig så blind

Flyt dig

Bevægelse
en social proces
gensidig handling
Som at sætte kvæg på græs
Vokse i stadig forvandling

Luret

Han går forbi
med sixpence
og råd til nedgørende blikke
Betragter ham indefra
og ser en undren
Hviler i selvgod tilfredshed
Han ved det ikke
Vore blikke mødes
Han kryber et undskyld
krymper sin uskyld
God dag

Tanker blandt givne

Tanker fødes
sætter sig
Formes mon tanken af tavlens kridt?
Ser ikke verdens mylder af hylder
Ved end ikke, de er der
Fri til at vælge
I min Netto-ghetto

Havet

Forventer noget andet
Den aftentomme strand
Moderhavet truer
Vil reversere skabelsen i sit skød
Nu
ud over kanten
mit ophav
Bølger slikker mine fødder
Stirrer i trods mod mørket
Vandrer langs
Havet lægger afstand til
Utryg tilbage
mod sparsomt lys
Frygten, den gennemsigtige slim
kryber op af havet
følger mine spor
Klæber til min ryg
Havet slipper mig
ugerne

Demotipression

Tanketungt nedsind
Træt hjernekompression
Slæbegear
Ikke god nok
klart
demotiveret
Nærmer mig langt fra depressionen

Demotipression

Vitaminmangel
eller skørlevned

Nu er næste dag i går
Solen skinner i mit sind
Fløjter
som en kedel med tryk på
Burde granske det
vedblive at være lige glad
Fløjtende
lige glad

Til døden elsket

I min kærlighed
bor sorgen
Uden hersker døden
Det dybeste mørke
strømmer ind gennem såret
Ved
at stille mig i det åbne
Ved
at invitere kampen
Ved
at lyskvanter samler sig
til liv
Jeg så det jo
Jeg ved det jo

Favoritten

Hvordan skelne favoritten
fra mine foretrukne blandt erkendte
Mit valg
forpligter og skræmmer
Ikke at vælge
bliver så netop dén
Forpligte mig
Adlyde forpligtelsen
Skabe mig
Elske kampen
for livet
for pligterne
for katten
Forsvinde i intethed?
Til ulykke med det

Manuel kickstart

Denne ubrugelighed
Inerte tanker
Hensygnende uduelighed
Daglang tøffetid
Dagens triste krympefolie
Spændingen øges
gnisten springer
Hvad kan livet give
Hvad kan tages

I går var unik
Hvorfor nu nedtur og anger
Er gennemsnitlig
OK
Alt skal nok gå

Nøglen til essensen
er selve frekvensen
sammen med andre
til ikke at længes

Aktiv svanger
til glæde og gavn

Manuel kickstart

Lol

At skabe
Åbne verdens dør på vid gab
Kan se
mere, end jeg kan se
Kombinere det, jeg aldrig så
Vælge
om så blot at stene
Så er der fri entré
Når nethinden voldtages
øret tinitusser
følelserne stinker
smerten kan smages
Lige dér på det højeste bjerg
synker jeg ned
til den sorteste bund
Et sted, der ikke findes
Utopisk planlægning
Kæmper mig op og får det til at ligne
tro på egen kurs
Lever meningsfuldt
med mine meningsløse valg
Hvor er jeg
.... Glad ....

Essens

Den stadige proces
livets essens
Når målet er nået
er tiden gået imens
Tomheden melder sig
Hvad kan jeg tænke?
Stræbe for at nå?
Sidde og murre
eller blot turde, turde
dykke ned i suppen
finde nyt og præstere
igen dykke ned
og finde mere

U-vende

Mit imaginære selv behager
Det eksterne spejl forbløffer bittert
Grusom anderledes
Tidsel og tjørn er også smukke
Gør mig glad bekendt
Undskyld
Jeg er ikke forkert

Re-vision

Livets hastighed accelererer
buldrer afsted
Jeg flobrer efter
Hænger på
med neglene lykkelig
og facadens smil
i ørerne

Marginaler

Bag boulevarder, gavle og facader
Ufri til at blive
dén jeg ikke er
I det åbne nøgen
Formes uden modstand
Ulidelige tilfældigheder
Altid en utopisk autenticitet
Et produkt
der overraskende erkender
at kunne være et andet –
Lige gyldigt
Dog er det mig
Lever
i dette tilfældige kulturburs
mulige valg

Har valgt
Eksistentielle marginaler

Sort

Dagen i dag er den sorteste
En dag, der vil noget
Ser dens paradoksale skønhed
i livets spejl
Håbløshed uden fremtid
Føler den
Erkender den
I det bundløse mørke tændes vildskaben
transformerer
åbner en vej med glimt af lys
Håbløsheden forlades
tilmed *forlades*
eller tages med
som ven
mens jeg flytter
i dette nu

Gæller

Svømme under vand
Ånde
Flyde
Svæve
i min egen atmosfære
Alle andre er fisk
Lever
en underlig drøm

Fortsæt

Nedrullede gardiner
Kun mure og møbler
Tomhed i sjælen
Livet er ude
Blandt andre, blandt andet
Katten i solen betragter verden
Behøver jeg mere
Rulle op
Bevæge mig ud
alene
tanken gør mig glad

Har du først dig stænket

Tillid beriger mit liv
Pludselig er den borte
Kan – ved guderne –
ikke gøre for det
Tilgive,
så godt jeg formår
tilliden er dog skæmmet
af uskønne sår

Sokker

Mine sokker er for store
Mine tæer kan ikke nå dem
Kryber de usete ud til snuden, sidder hælen og blafrer
som løs hud over skoens hælkant
Kunne jo blot have tjekket størrelsen
Det duer ikke at gå i for store sokker
Men fine så de ud. Nok for mig
De ser stadig ud som de gjorde, sokkerne
Men det vender sig i mig
Passer de ikke, bliver andre sokker straks mere
interessante
Tilbage står de
uønskede
bagest i skabet til de ryger ud
med forårsrengøringen
Sådan er det jo

Venner

Kulden lurede
en varm sommerdag, hvor jeg blev forsøgsdyr
Et andet dyr orkestrerede
Højst nogle få forstod

Så det i deres øjne ved nadveren
Kulden kom snigende
som en droge
fik mig til at vakle
tog min fornuft

Besøgte døden den nat
Ravede rundt uden at sanse. Ledte efter mig selv
Fandt mig og sagde farvel
Aldeles afklaret
En særlig ro sænker sig, når man ved

Overraskende – åndede ikke
Mærkede hjertet tage nogle voldsomme hop
slå nogle små hurtige slag
stoppe
dø
Gled bort. Rejste. Var væk

Hvem bragte mig tilbage?
mærket for livet?

Skovede dem alle
da natten var omme

Tampen

(Anti-to)

Alle indtryk sorteres
gennem mit erfaringsfilter
tilpasses min model af verden

Tænker - vælger- agerer
Autonomi
Står over alle love
Ingen straf - kun konsekvens
Underkaster mig ingen

Mine regler for mig, dine regler for dig!

Det fleksible træ i stormen
giver lys og plads

Aner en flugtvej

Langt fremme
længes glæden efter mig
Kan knapt nå den, tampen

At slippe fuglens hale

Endelig
Båndet løsnedes
kæden brast
Mindet flyver frit og smukt
En uundværlig passage
Savnet letter
Også jeg

Well done

Entropi = 0

(Ånder III)

Forstyrrer min tro
min ro
forvirrer mit sind
Dens alt for kærlige omklamring kvæler mig
Det fastlåste tankesæt fængsler mig
En verden af alt,
der ikke er
under min seng

Altets symbiose
menneskers fællesskab
Én enhed
Måske det nærmeste
min længsel når

Bruger profant kirkens svingdør
bag koret
til mine ritualer
Tænker frit
i mine konstant krakelerende rammer

Samfund

Læste dagligt fire aviser
Radioavis
TV-avis
Fulgte politik i DK, EF/EU, NATO
Brugsen og faster Petra
Børskurser, valutakurser, aktiekurser, sprogkurser

Nøjes nu med verdenskrigene
Det essentielle er det største
Verden skal enes
På vej
væk fra smålighed
mod global, social ansvarlighed
overlevelse

At bilde sig samfund ind er menneskeligt
Nært forståeligt
Overskueligt
Dødeligt indskrænket

En gave kom

De mente nok, de kunne danse
i fascinationens skær væltede de
ind i en akavet rytme
Tog klamrende ejerskab
tog kørekort
til hinanden

Forsatte i de andres trefjerdedel
til deres egen ottesekstendedel
til det blev absurd,
så de måtte se det

Lydtætte mure
Frustrationer voksede, uden de gjorde andet,
end dét, der var mere end nok
Trak sig
til hver sit
trygge uden
pligtdans

Kæmpede i trods gennem lysår og sorte huller
Rørte med fingerspidserne
Ruskede tremmer,
til murene styrtede i grus
Ejerskifte med sig selv
til sig selv

Præmiere
på stykket "Fællesskab"

Rejsen

Ud, væk
trummerum
Altid blot noget andet
baggage
Uden det kendte, er jeg intet
Skal ville noget, for at være
Et ståsted, for at vide
ude er ude
Hvor langt er jeg åben?
Fintuning
af min modtagers foretrukne
fejlfarvefrekvens

Kystnær

Ubærligt
når friheden flyder
ud over kanten
og tømmer livet
En væren i intethed
Rodløs, frit svævende
Grufuld længsel
efter kærlig gensidighed

Finder lykken
på bunden af min uro
Her er jeg
tilpas
forpligtet
Frivillig fængslet
i min smukke urtegård

Vælger jeg, lever jeg

En meningsfuld tilværelse spindes
om mine valg

Hjem

Rejste
med kurs mod en ikke væren
Gennem bølger af emotioner, så høje
Fløs magtesløs rundt i et ocean af kampe
Ført af tilfældige vinde skabt i feber
Undgik behændigt de farligste skær, de fjendtligste
kyster
Tabte kampen
fældet
af min egen grænseløse afhængighed
God nok

Mærkede før min død havet falde til havblik og himlen
åbne sig
Kunne se noget
højere end vand
mildere end luft
Mærke livet vælte ind i mine øjne
Høre blide lyde
andet end bølgebrøl
Da blev hverdag sejr
Da kunne kursen sættes
hjem
til den forbandede kulturelle spændetrøje

jeg har lært at elske

at være en del af
i denne havn
hvor jeg kan eksistere
.... så længe

Forstå sig

FEM
Ikke ensom
sidder alene
i porten
i solen
i tanker
Alt nok

NIOGTRES
Ikke ensom
sidder alene
i lufthavnen
i solen
i tanker
Ikke nok

Det laveste høje

Snobbe nedad
til Elitens tabu-niveau
Menneske
Eller prætentiøst opad
virtuel eksistens
Fraterniserer med friheden
til at være lige
med de lige så skæve

Søndag

Véd, jeg ikke er vågen
Holder den længe dér
Nu også, jeg er ved at vågne
Kæmper imod
Tanker begynder at styre
Det varer ikke længe
Åbner øjnene
i små ryk til små sprækker
Ikke at jeg vil det
Der er lyst i mit rum
Solskin - også udenfor
Sommermorgenstille
Strækker mig i alle led
Smiler
Det kribler i min mave
Umotiveret glæde
Det var sådan, det var
Ungdommens dage flimrer forbi
i et åndedrag
lukker øjnene
sengens kølighed
Morgensengegymnastik
Langsomt
Strækker, vrider, brækker
nyder hver bevægelse
Øjnene halvt åbne
i normalt-lange perioder
Tanker styrer
mod min egen virkelighed
Hører hende hyggeligt rumstere

Behageligt gys ved første morgenritual
Morgenmad
Først nu rigtig vågen
Solen står ind gennem vinduet
varmer min kind

Matematisk logik

Har regnet på raketsystemer
Simuleret trial and error
Laplace-transformationer og reciprokke virkeligheder
Har læst i en uendelighed
om parallelle samtidige mulige udfald,
for at kunne forstå dét, der også er
lige nu
bøvl med en multigradsligning
Hvordan tage sig sammen til en gåtur i regnvejr?

Normal

Vil så gerne være normal
Synderne klæber
Korrekser mig
anderledes uset
lever jeg
Fortiden ligger sindstung
Stemplet
kulturfræser
Stolthed og ære vrides
Standhaftig accept
Har sågu' fejlet
Døm mig
Fordøm mig ikke
Mød mig lige hér
Nu helt anormal
kulturnormal
Beder høfligst om aflad

Forbi

At fortsætte
eller gå med fortsæt
hige efter målet
Foran kirken fyldes blikket
af ligvognen
Bagklappen gaber
Tom sult
Påtrængende mørkt
så andet bliver lyst
Hjemad
med forundring
forbi
to trin op
hvor tanker med mål venter
Skræmt slipper jeg nøglen i lommen
Bange for at miste øjeblikkets magi
Nu. Voila. Fortsætter
Vandrer
uforsætligt
dog netop den vej
Oktobers skarphed ligger frisk
Havnen ligger stille
De sidste sejlere gør sig færdige
Et suk cementerer øjeblikkets fryd
Så smukt er livet
i glimt
Og nu
Forbi

Katedral

Evigheden er fortid
Værdiløs uden tanke
Mistet uden handling
Tomhed i nuet
alle vore skridt består til evig tid
i det tabte
Dit bidrag
dine skuldre, de næste kan bygge på
Derfor er du!

..... måske håbløs

Vinden vender

Du forstår mig ikke
Jeg forstår dig

Tusmørke

Står mig nær
afstanden smerter
Strakte mig
alt knapt nok
Skjulte bag skjolde
Var det altid sådan?
I det åbne sårbar
Et tyndt håb
ligger ned og forstår
Mister alt mere
Formåede ikke andet
Intet at fortryde
Efterår
Skutter mig i min uldne trøje

Forventer intet
Mit sværd

Livet er for kort til at ynkes
Temperaturen falder
Gid fanden havde det

Billedparadoks

Et imaginært billede for mit indre
viser kunstneren nøgen
Det pynter ikke

Ser indvolde vende sig
for hans egen skyld
Stærke farver giver skyggerne kant
Leder forgæves efter en blindtarm med charme
En nerve af venlighed
Lidt hjerteblod
i årene, der svandt

Ridsede gerne en stribe varme
i den stenhårde litografiske trykplade

Hvor sjovt, når linsen stilles på reciprok
Gad vide, hvordan jeg selv ser ud?
Med de mørkeste briller?

Billedet har hængt længe
Farverne blegner
løber stille ud af det nederste hjørne
Skal minde mig om noget vigtigt
Vigtigt
Det kunne snart blive for sent
at glemme

Intet er så sårbart
som at være et håb

Så hellere et savn
Det ved man da, hvad er

Billedet minder mig om,
at huske smerten

Kedelig tilfreds

Har så'gu kæmpet
Har tabt og tabt
Verden blev træt af at kæmpe
med mig
Nyder min sejr på vedholdenhed
Tilfreds

Hvordan dog skrive digte om det?
Kun sortseere og lettere psykotiske skriver digte
Og kun de mørkeste sind formår at sælge
Spændende nyfigent at se ind bag gardinerne
hos de anderledes
og se sit spejlbillede changere

Solen
melder sin ankomst
før den synes
på den anden side af bjerget
Stiger og stiger
til jeg kan se den
komme også løbende
ned over min bjergside
Løber hurtigere end den stiger
Løber fra sig selv
som Lucky Luke, der trækker hurtigere end sin egen
skygge
Som jorden roterer hurtigere end et døgn

Der lever jeg i en anden verden
Lykkelig af en anden verden

Helt tom
fyldt til sidste celle

Tilfreds

Denne stund hentes frem
når livet mangler skønhed

Leger

Tænker og skriver
For meget?
Fruen mangler respons
Inspirationen levner ingen ro
Pludselig er den der efter års fravær. Kan ikke ignoreres
Arbejder intenst og vedholdende. Døgnlangt
Og så sker det
Kan ikke tænke mere. Ikke skrive mere
Det eneste, jeg kan, kan jeg ikke
Rastløs ad helvede til
Vandrer rundt om mig selv
Kunne selvfølgelig drikke rødvin eller se fodbold
Eller whisky
Men er på kur. Vil være fit
Det skulle være så godt, siger de
Kunne gå en tur, men det regner
Kunne svømme i en usund kloropløsning med
reminiscenser. Men gider ikke
Humøret er i triste-mode
Finder en form for ro i sofaen. Nyder tristheden
Fjernsynet slukket. Kan ikke have det
Kan ikke have noget at følge med i. Noget at tage
stilling til
Nada
Min hjerne føles kogt
Anderledes, da det var mest fascinerende
Pludselig er der stille. Havblik
Lykkelig trist

Venter
Ro på
Batteriet er fladt
Det kommer
Rastløsheden, kedsomheden skaber den nye leg

Lad være

Være – katten i solen betragter mig kort og
uinteresseret

Være til – morgenglæde
Være opmærksom – blandt andet
Være levende – blandt andre

Være for – nogen
Være noget – for mig selv

Være fri – i tanken
Være – tankefri

Være forpligtet – min urtehave
Være uden pligter – udvendig med ryggen til

Være i nuet – meningsløst

Være god nok – hvile

Være menneske – Min gæld til mange
Være god – Andres gæld til mig – nederen
Være god i anden potens – uden skyld. OK^2

Mit hierarkiske ego
Lad være!

Kornmod

Tænker på det
mens
jeg tænker
på mod
Erindringer
Som modent korn
livets frugt

Tænker på
kornmod
Glimt uden lyd
Ulykke
Svanger er det uforståelige

Tænker på livet
Mod til at leve det
mens
det mister sin frugt
indtil ligegyldighed

Tænker med undren
og aner det
mens
intet er
Verden forgår
Hallo, er der nogen?
Sneen smelter
Rinder i hav

Grundforskning

Mor var nær
Far den fjermer
Var ikke klog nok til at forstå det
forstå ham
Med årene tættere
på ham
hvis man kunne
Fristes til at undersøge det
Tøver. Vil nødig revidere mine konklusioner
om ånder og andet godtfolk
Om, hvad der kunne være mellem himmel og jord –
andet end for meget CO_2
Besøgte engang steder, hvor lilla lys strømmede ned fra
det høje med energi til mine chakraer
Kunne forme den hellige energi i mine håndflader og
lade kærligheden strømme gennem tantra-kanaler, i
tæt æterisk kontakt med andre, der troede på det
Det blev for meget. For meget for lidt. For meget luft
Lever i denne verden; vil kun forholde mig til den. Har
dermed også forholdt mig til det andet i mange år

Men OK. Sådan på forsøgsbasis. Ren grundforskning
Forsøgte en lydløs samtale med far. Min kødelige,
afdøde, biologiske
Mon det er muligt?
Det er ikke din skyld, sagde han. Det er biologi, sagde
han. Slap af og lev livet, sagde han. Vi er skabt sådan,
sagde han. Ligner ham, lod han mig forstå

Armslængdebiologi

Gemmer alligevel vor virtuelle snak et hjertevarmt sted
Mærker gerne hans kærlighed

En hædersmand, en vis mand, et ordentligt menneske,
en mand med format, det var han

Ved at leve

Lever det liv
jeg ved
Tilfreds med det
jeg ikke ved
Fri mig
for at vide noget
andet

Anticontra

(Anti-tre)

I denne min havn
går jeg alle indtryk i møde
Tænker - vælger- agerer
Autonomi i nyt format
Fællesskab i glæde

Ingen straf - kun konsekvens

Mine regler for mig, dine regler for dig
Begrænset kun af dét
vi har valgt at have fælles

Er strået, der kærtegner dem
bøjer mig med dem i stormen
danser med dem i vinden
mit ståsted
mit rodnet

Hvor let
at leve

Jeg er summen

Mangler kun nogle få mellemregninger
Ikke uinteressant
Én total
med to streger under
der til sidst konteres i den store fællesmængde
hvorfra nye småhævninger sendes til det arbejdende
folk
der som bier henter ny nektar
til fællesskabet

Antitesen af summen
af alle religioner
Videnskaben skubber med Gud
Det vil ingen ende tage
Religion forgår
Tro består

Menneskers fællesskab
Altets symbiose
Nok til min bevidsthed
som jeg lever
Andet lever jeg ikke
Andet er jeg ikke
Intet under min seng

Lige nok

Lever i et forsvindingsnummer, uden nummer
Lever i vished om, hvordan jeg skrider i svinget, når den
tid kommer
Jo ældre, jo mindre, er der tilbage
af mig
Jo mindre, er der tilbage
af mit levede liv
Lige inden er det hele svundet til intet
Herligt
Gør overgangen mild
Fra intet til intet
Kan umuligt være svært. Kan umuligt gå galt
Dør aldeles sund og rask
Dør ikke af noget. Dør blot
uden betydning for verden
Har i princippet aldrig eksisteret
Eftertiden vil aldrig tænke: Hvordan gik det egentlig
med ham?
En ligegyldig død
Gider ikke sige farvel til ingen
For ingen vil huske mig, når tiden er gået
Havde jeg været rendyrket psykopat eller sindssyg
filminstruktør, ville jeg blive husket
Ikke jeg

Døden skal have en årsag
Glæde, velbehag og kærlighed
Ikke for meget. Ikke for lidt
Lige nok til at dø af

Lykke

Født blank

Død tømt

Grillet

Alt, jeg havde

Mens jeg døde
vandrede jeg

Forbi

en mose med tungt vand
en hede af seriøs tomhed
en strand af trist evighed

Nikkede venligt

Kendte høfligt en fælles bevidsthed
en sfære af universel visdom
En smuk symbiose

Alt, jeg havde
mens jeg døde

Bevæges af tankens dampe ....

Forbi